Notice Historique

Sur le

THÉATRE DE NANTES,

Suivie d'un

Prologue en Vers,

Pour l'Ouverture de l'Année théâtrale 1825;

Par MM. * et *.

À Nantes,

Imprimerie de Mellinet-Malassis.

THÉATRE DE NANTES.

Cet Ouvrage se trouve A NANTES , chez les Libraires ci - après :

M.ʳ FOREST , à l'entrée de la Fosse.

M.ᵐᵉ CLECH , auprès de la Poste.

M.ˣ VETIL - SICARD , rue Crébillon.

M.ʳ BUROLLEAU , carrefour de la Casserie.

M.ᵐᵉ BUSSEUIL , devant la Bourse.

M.ˣ SICARD , rue de la Fosse.

NOTICE HISTORIQUE

SUR LE

THÉATRE DE NANTES,

SUIVIE D'UN

PROLOGUE EN VERS,

POUR L'OUVERTURE DE L'ANNÉE THÉATRALE 1825;

PAR MM. * ET *.

A NANTES,

A LA LIBRAIRIE DE MELLINET-MALASSIS.

1825.

HISTOIRE

DU THÉATRE DE NANTES.

Au moment où un accroissement favorable et désiré, introduit dans l'administration du Théâtre de Nantes, semble devoir placer ce bel établissement au rang des premières entreprises dramatiques de la province, nous avons cru devoir développer les heureux résultats que ce système d'amélioration offre à notre ville; mais, pour bien faire apprécier ces avantages, pour indiquer les moyens propres à assurer la prospérité de ce nouveau règne, nous imiterons l'historien observateur qui, avant de juger un peuple, remonte à son origine, suit les diverses phrases de ses gouvernemens, dévoile les vices de l'administration, l'impéritie des chefs, et les causes directes de sa décadence ou de sa grandeur. Ainsi, après avoir parcouru le tableau rapide des révolutions qui se sont succédé sur la scène Nantaise, notre directeur actuel trouvera des leçons salutaires, de sages avertissemens, et les amateurs de l'art dramatique, de leur côté, sentiront la nécessité de protéger une grande entreprise qui peut rendre à notre théâtre toute son ancienne splendeur.

Si nous consultons nos historiens nantais, nous voyons que l'établissement des comédiens à Nantes, remonte à l'année 1648 : ils tenaient leurs séances dans un jeu de paume. Une nouvelle troupe reparaît en 1656. On ne saurait toutefois donner le titre de comédiens à ces caravanes dramatiques dont le répertoire n'était composé que de rapsodies indécentes et grossières, et qui, plongées dans la plus stupide ignorance, ne comprenaient pas même les premiers élémens d'un art que déjà Molière et Baron, son élève, faisaient briller d'un vif éclat dans la capitale. Depuis, on perd les traces de ces troupes vagabondes; et ce n'est guères que vers le milieu du XVIII.ᵉ siècle qu'on peut enfin observer les progrès de l'art dramatique dans nos contrées, et qu'on rencontre de dignes interprètes des chefs-d'œuvre de la scène française. Aussi, sans nous engager dans des recherches inutiles et peu intéressantes, nous arriverons à l'époque de l'organisation générale des théâtres de province, lorsqu'une société de riches commerçans nantais se chargea de l'administration de la salle de spectacle, située rue du *Bignon Lestart*. Cette époque est tout à fait remarquable dans nos annales théâtrales. Ces administrateurs pleins de zèle, de patriotisme, et vraiment amis des arts, n'épargnaient aucun sacrifice, soit pour posséder l'élite des comédiens de la province, soit pour appeler en représentation les grands talens qui illustraient la capitale. La direction de ce théâtre était confiée au sieur *Desmarets*, acteur assez froid, mais dont la femme ne manquait pas de talent dans les *premiers rôles*. Nantes possédait alors la famille Granger. *Granger*, digne rival de Fleury, et qui fit si long-tems la fortune et la gloire des *Italiens*, était fils d'un excellent *comique*, et d'une des *premières soubrettes* de province. Auprès de cette charmante famille se faisait remarquer l'incomparable *Gourville*, dont nos anciens amateurs ne prononcent le nom qu'avec enthousiasme, et qui fournit une carrière dramatique si longue et si honorable (1); Desforges, l'auteur de la *Femme Jalouse*, acteur aimable, aussi recommandable par son talent que par les charmes de son esprit et de sa société. C'est sur notre théâtre et dans le même tems que débuta la fameuse *Raucour*, qui, dès ses premiers pas dans la carrière, annonça ce qu'elle devait être un jour (2). Tour à tour on

------

(1) Voyez la notice biographique.

(2) Mlle *Lenfant*, bonne actrice, et cantatrice distinguée qui débuta à peu près à la même époque, une veille de la fête de Noël, donna lieu à ce jeu de mots

vit paraître, pour embellir notre scène , Mlle Dumesnil, Molé, Le Kain, Brizard, Larive (1), Monvel, etc. L'affluence des spectateurs était si grande qu'on était obligé de donner deux représentations par jour. Cette prospérité étonnante, qu'on ne rencontre plus nulle part, était due toute entière à la générosité des administrateurs du théâtre de Nantes, qui sacrifièrent des sommes énormes, pour faire jouir leurs concitoyens de tous les avantages qu'offrait la capitale, qui comptait alors dans son sein une foule de talens supérieurs. Leur dé-

---

d'un de nos improvisateurs nantais : *Puer natus est nobis.*

(1) Cet acteur jouait un jour Pygmalion : déjà livré tout entier aux inspirations de son génie, il semblait s'être identifié avec le personnage qu'il représentait ; tout à coup ses regards rencontrent une statue colossale que l'on avait placée sur la scène ; sa vue le choque, il la saisit avec force, la rejette dans la coulisse, sans sortir du caractère de son rôle. La pièce finie, quelques acteurs s'étonnaient qu'il eût pu transporter une masse aussi pesante : « Rien de plus facile, dit Larive, redevenu lui-même », et il essaya de recommencer ; mais ce fut en vain : cette force qui l'avait animé n'existait plus ; il ne put réussir à soulever la statue. Larive, en ce moment, semblait démontrer clairement cette vérité exprimée avec tant de bonheur par notre célèbre Talma : » *Les grands mouvemens de l'ame élèvent l'homme à* » *une nature idéale, dans quelque rang que le sort l'ait* » *placé.* »

sintéressement, le noble usage que ces dignes commerçans firent de leur fortune, devra toujours exciter la reconnaissance des amis de l'art dramatique, et nous engager à former des vœux pour que ces sociétaires amateurs trouvent des imitateurs parmi nous.

A cette belle administration, nous voyons succéder celle du directeur *Longo* (1), qui, quoique privé des ressources importantes que possédait son pré-

---

(1) Nous croyons devoir rapporter une anecdote qui fait connaître le caractère de nos jeunes gens d'alors. Ces messieurs, qui régnaient à la ville comme au théâtre, ayant eu un soir des reproches à faire au directeur Longo, décidèrent qu'une brillante représentation, annoncée pour le lendemain, n'aurait pas lieu. Ils arrivent à la salle avant l'ouverture des bureaux, se placent sur deux lignes dans le couloir; et, la tête haute, l'épée au côté, ils attendent de pied ferme les spectateurs; ceux-ci se présentent : on leur annonce gravement qu'il n'y a pas de spectacle; en vain invoquent-ils le témoignage de l'affiche, et celui des receveurs du bureau, toujours même réponse : *Messieurs, il n'y a pas de spectacle aujourd'hui.* Ils insistent, on leur propose très-honnêtement d'aller se couper la gorge; quelques-uns acceptent, mais le plus grand nombre prend le parti de se retirer, et de laisser le champ libre aux assaillans, qui ordonnent de fermer le théâtre, et parviennent ainsi à faire la loi à tout un public; bien plus, le lendemain, le directeur fut obligé de demander excuse à genoux à ces despotes nantais.

décesseur, parvint à soutenir l'honneur de la scène nantaise, dans l'ancienne salle, ainsi qu'au Grand-Théâtre qui venait d'être construit et dont il fit l'inauguration (1). Parmi les nouveaux acteurs qui composaient sa troupe, on citait avantageusement Boquet, *premier rôle*; Lavandaise, le meilleur des *raisonneurs* de la province ; Mme Touteville, jouant l'emploi des *grandes coquettes* avec beaucoup de succès, et la famille Baptiste, qui a laissé à Nantes des souvenirs durables et flatteurs. Mr Baptiste aîné (maintenant sociétaire du Théâtre-Français), qui avait reçu une brillante éducation, possédait l'estime générale ; il était admis chez plusieurs riches négocians de cette ville ; il y apportait un très-bon ton, et un esprit cultivé. Nos anciens habitués l'ont souvent admiré dans *les*

----

(1) Dans l'ancienne salle de la rue Rubens, le parterre était debout ; les spectateurs paisibles, qui se trouvaient au milieu d'une foule tumultueuse et sans cesse agitée, risquaient souvent d'être étouffés, et le spectacle était interrompu par des clameurs effroyables. M. Graslin rendit donc un grand service aux amis de l'art dramatique, en établissant un parterre assis dans la nouvelle salle. Il éprouva beaucoup de difficultés pour faire enlever les banquettes, qui obstruaient tellement le théâtre de la rue Rubens, que quelquefois les acteurs pouvaient à peine se bouger ; ces banquettes étaient, comme on le sait, occupées par nos jeunes élégans, qui venaient étaler leurs grâces devant le public.

Châteaux en Espagne, *l'Habitant de la Guade-loupe*, *le Glorieux*, etc. Le jeune Baptiste (Bap-tiste cadet du Théâtre-Français), à peine âgé de dix-neuf ans, s'essayait dans de très-petits rôles, et, dès ce tems, les connaisseurs découvraient en lui le germe d'un talent distingué. Plusieurs premiers sujets de la capitale honorèrent la nouvelle salle de leur présence; entre autres, Mme St-Huberti, Melle Maillard. On revit Molé, qui, déjà un peu vieux, retrouvait sur la scène toute la verve et toute la vigueur de sa jeunesse (1).

Bientôt Longo, ayant quelque fortune, aban-donna la direction; il fut remplacé par Mr Rodolphe, musicien distingué, et Hus, maître de ballet, sous

---

(1) Plusieurs anciens habitués du théâtre de Nantes étaient rassemblés à l'hôtel de *la Paix*, au moment où une chaise de poste arrivait : ils voient un vieillard en sortir ; sa démarche est un peu tremblante, son dos voûté, une ample perruque dérobe une partie de sa physionomie, personne ne le connaît ; il demande une chambre. Une heure après, au moment où ces habitués allaient se mettre à table, on aperçoit ce même vieillard entièrement rajeuni, en habit de soie, perru-que élégante, les joues couvertes d'un léger vermillon ; il marche avec grâce et abandon : Eh bien, Messieurs, s'écrie-t-il gaîment en entrant dans la salle, me voici de retour parmi vous. Les amateurs ouvrent de grands yeux et le même cri part à la fois de toutes les bouches : M. Molé!.... C'était lui-même. Dans le monde, comme à la scène, il savait être toujours jeune, quand il le voulait.

la raison de Rodolphe, Hus et Cie. Cette société donna, au Grand-Théâtre, une extension extraordinaire : tous les genres étaient portés au grand complet, et la troupe se composait des meilleurs acteurs de la province. On y revoit Baptiste, l'infatigable Gourville, Lavandaise, Mme Touteville, auxquels viennent se joindre Compin, excellent comique, dont le jeu spirituel et la verve entraînante lui valurent les plus grands succès au théâtre de la Porte Saint-Martin, à Paris : il finit ses jours d'une manière tragique dans une émeute populaire qui eut lieu à Bordeaux ; Bergamin, *laruette*, l'acteur de la nature, qui, sans aucune instruction, apporta dans tous ses rôles une vérité, un abandon admirables ; Massin, charmant jeune premier, et Mercero, danseur distingué et mime parfait. Mais ce règne brillant ne fut pas de longue durée. Les dépenses excessives de cette administration, qui avait un mobilier et un personnel considérable, jointes à celles des directeurs, qui tenaient chacun une maison montée sur le grand ton, amenèrent bientôt la ruine d'une entreprise, qui, il faut le dire aussi, se trouva au commencement de la révolution dans une situation critique.

Ferville (1), en remplaçant MM. Rodolphe et

---

(1) Ferville, comme acteur, était le sujet le plus précieux de sa troupe, il avait pris l'emploi des comiques,

Hus, malgré les circonstances les plus fâcheuses,
au milieu de la tourmente révolutionnaire (1) et

---

ce qui ne l'empêchait pas de jouer tous les genres au
besoin. Un débutant voulait paraître dans le rôle de
Zopire, mais il ne pouvait réussir à monter la pièce.
Quel est le rôle qui vous manque, demande Ferville ?
— Mahomet. — Ce n'est que cela, répond-il, parbleu,
je le jouerai. Et il le joua en effet.

Ce directeur accommodant, nous rappelle un acteur que
les Nantais ont vu long-tems sur leurs théâtres, Lefevre,
surnommé *Marsias*, qui commença sa carrière dramatique sous Longo et la continua jusqu'à la direction
d'Arnaud. Il avait dans sa jeunesse une voix très-agréable, qui le fit goûter du public. Le rôle de Marsias,
dans le *Jugement de Midas* commença sa réputation.
Bientôt on le vit aborder à la fois, la tragédie, la comédie, l'opéra, le vaudeville. Jouant tous les emplois,
chantant tour à tour les *Elleviou*, les *Martin*, les *Basse-Tailles*, il semblait être la providence d'un directeur,
et valait à lui seul trois ou quatre acteurs. On l'a vu
représenter tous les personnages de l'opéra d'*OEdipe*,
excepté ceux d'Antigone et d'Eriphyle ; et, dans le
Tableau Parlant, il avait rempli tous les rôles, même
ceux de Colombine et de la pupille de Cassandre à
deux représentations travesties.

(1) On trouve, dans les journaux du tems, une annonce
de M. Ferville qui prévient le public qu'il donne relâche,
*attendu le départ de ses acteurs, qui vont faire la
moisson.*

En 1793, un jeune acteur, qui représentait Catane dans
la tragédie de *Tancrède*, arrive en scène, sachant à

avec une troupe assez médiocre, trouva moyen de gagner beaucoup d'argent en distribuant des billets d'abonnement à très-bas prix : par ce

---

peine son rôle. Grâce au souffleur et à son sang-froid il était parvenu au long récit du combat ; là, sa mémoire se trouva tout-à-fait en défaut : soudain, comme s'il eut cédé à une inspiration sublime, il parle des exploits de Tancrède et des soldats républicains, des chevaliers de Syracuse et de l'armée de Sambre-et-Meuse, il mêle les extraits du *Moniteur* et les vers de Voltaire, et suant, haletant, gesticulant, il termine sa tirade au milieu des applaudissemens et des cris d'enthousiasme de la multitude.

Un autre acteur, nommé Lafond, assez bon *premier rôle*, mais ayant parfois un jeu désordonné, ne manquait jamais, lorsqu'il se laissait emporter par la chaleur de sa diction, de briser les fauteuils qui se trouvaient sous sa main. Il demanda un jour à Ferville ce qu'il pensait de son jeu. « Vous n'avez qu'un défaut, lui dit le directeur, » c'est que vous ne ménagez pas assez ceux qui se » trouvent en scène avec vous, et chaque soir il arrive » des accidens. — Comment, s'écrie Lafond, quels acci- » dens ? —Vous allez voir », reprend Ferville ; et, ouvrant la porte du garde-meuble, il lui montre une vingtaine de fauteuils brisés. « Voilà vos victimes, lui dit-il, n'en » augmentez pas le nombre, je vous prie. » Lafond partit d'un long éclat de rire. Depuis ce tems, lorsque Ferville était en scène avec lui, et qu'il le voyait prêt à entrer en fureur, il lui disait tout bas : « grâce pour mes fau- » teuils, Lafond! » Ce mot arrêtait soudain le terrible exterminateur.

moyen il remplissait sa salle tous les jours. Après avoir profité de cette veine, il alla prendre un fort intérêt dans l'entreprise de l'Odéon, et il y perdit tout ce qu'il avait amassé dans sa direction de Nantes, qu'il avait cédée à un nommé Danglas, tapissier.

C'est sous cette administration, que la salle brûla le mercredi 7 fructidor an 4. On jouait *Zémire et Azor* : le feu prit dans le transparent placé au-dessus de la porte de l'appartement de Zémire. En un instant ce bel édifice devint la proie des flammes. Cinq ou six personnes seulement, attachées au théâtre, furent victimes de cet événement. Une femme enceinte et deux enfans placés aux 4.es, dans une loge exclusivement réservée pour les employés au théâtre, et à laquelle on ne pouvait aller qu'en passant sur les ponts placés dans les frises, fut trouvée brûlée, entourée de ses enfans. Une jeune personne, en cherchant à s'échapper, périt aussi. Un danseur qui, regrettant le costume qu'il avait laissé dans sa loge, était monté pour le sauver, ne put redescendre, et fut asphixié.

Cette direction reprit la continuation de son administration dans *la salle du Chapeau Rouge*, peu de jours après ; mais ce terrible événement, et l'impéritie d'un directeur, plus propre à meubler un appartement qu'à diriger une entreprise de cette nature, lui portèrent bientôt un coup mortel.

Les acteurs se réunirent alors en société (1), sous la direction de leur *père noble* Dumanoir, et de leur *financier* Thermets. Ils jouèrent ainsi quelque tems. Deux troupes étaient alors en concurrence : les sociétaires crurent qu'il était de leur intérêt de s'adjoindre le directeur de la salle de la rue Rubens ; cette réunion ne produisit pas l'effet qu'on en pouvait attendre. Dumanoir mourut, Thermets abandonna la partie, en laissant des dettes, et l'ancien directeur de la salle de la rue Rubens continua l'entreprise (2). Un loyer con-

---

(1) Un acteur de cette troupe qui, tous les soirs, était accueilli par les plaisanteries et les sifflets des spectateurs, fit insérer dans le journal cette allégorie de sa façon : « Une société de gens honnêtes, et conséquemment paisibles, fréquentait un jardin public : elle avait les yeux fixés sur un jardinier qui, cultivant des fleurs, était depuis long-tems accablé par les frélons, qui bourdonnaient à ses oreilles, et faisaient même l'impossible pour le piquer. Sachant combien il est dangereux d'irriter cette sorte d'insecte, il demanda à quelques personnes de cette société qui l'écoutaient, quel parti il avait à prendre ; elles lui répondirent : le mal subit que l'on ne mérite point se dissipe de lui-même. Il se trouva alors plus consolé qu'il n'avait été affligé ; il reprit tranquillement son ouvrage, en disant : Un souffle léger m'a apporté ces petits ennemis, un coup de vent les emmènera. » DURAY, *artiste du Grand Théâtre.*

(2) Mlle Moulin, première chanteuse alors, ne connaissait pas plus les lettres de l'alphabet que les notes de

sidérable, puisque le directeur avait à sa charge trois salles , afin d'empêcher aucun autre spectacle d'entrer en concurrence avec le sien , et des circonstances malheureuses amenérent la ruine d'un honnête homme , qui avait soutenu, dans cette ville, pendant toute la révolution un spectacle secondaire , avec toute l'habileté nécessaire à ces sortes d'entreprises. La mairie a tellement apprécié ses qualités morales , qu'elle s'est servie de son influence pour lui faire conserver une place sous toutes les directions qui ont succédé à la sienne. Une société sans nom bien marquant , succéda à la dernière entreprise; elle se soutint avec peine jusqu'au moment de la réédification de la grande salle.

M. Arnaud , ex-premier comique du Théâtre-Français, d'un talent très-distingué, vint l'administrer sous les plus heureux auspices. Une salle neuve , une troupe complète dans tous les genres ,

---

musique ; aussi avait-elle une personne pour lui faire apprendre ses rôles de mémoire , comme elle avait un répétiteur pour le chant. Une autre actrice de cette troupe avait le même degré d'instruction.

À cette époque , le Théâtre des Variétés , situé rue du Moulin , était dirigé par M. Ferville : on y représentait des pièces à spectacle ; il y avait même un ballet. L'inimitable *Potier* y attirait constamment la foule : c'est sur cette modeste scène , qu'il préludait à de glorieux triomphes. Tiercelin y parut en représentations.

à l'exception d'un ballet, lui procurèrent d'abondantes recettes; et, pour la première fois, Nantes jouit du bonheur de posséder Talma, Mlle Mars; on vit paraître aussi Mlle Levert, Lafond, Potier, etc.; mais M. Arnaud n'a pu tenir plus de quatre ans. A son départ de Nantes, les acteurs formèrent une nouvelle république; un chanteur, M. Brice, voulut prendre les rênes du gouvernement, il abdiqua bientôt, regardant l'entreprise au-dessus de ses forces pécuniaires et morales. Semblable à l'éclair, il ne brilla qu'un instant.

M. Jausserand, ex-pensionnaire du théâtre de l'Opéra-Comique, parut alors plein de gloire de ses succès passés, promit beaucoup et teint peu; il lui semblait que le reflet de son talent comme chanteur, devait rejaillir sur tout ce qui l'entourait; aussi forma-t-il une troupe faible. Il abandonna, au bout de trois ans, la direction à M. Léger, qu'il avait fait venir comme régisseur.

Cet homme-de-lettres, peu familiarisé avec une bonne administration et ne calculant rien, répondit mal à la confiance que lui avaient accordée plusieurs actionnaires qui s'étaient chargés du lourd fardeau de l'entreprise théâtrale. Il fut remplacé par M. Bousigues, directeur actuel.

Maintenant, quittant le rôle de narrateur, il nous reste à résumer les faits avec impartialité; nos lecteurs, en parcourant rapidement le tableau de nos révolutions dramatiques, ont dû voir quels

concours de circonstances fâcheuses , arrêtèrent
soudain la prospérité de notre théâtre , et combien
il se trouva peu de directeurs qui osèrent lutter
avec elles ; plusieurs d'entr'eux auraient pu se
maintenir , mais ils n'eurent point les talens nécessaires à un administrateur ; ceux qui pouvaient
diriger convenablement ces entreprises hasardeuses,
après avoir combattu long-tems les chances défavorables qui pesaient sur eux , durent céder ; le
plus grand nombre s'effraya en entrant dans la
carrière. Ces chances défavorables existent-elles
aujourd'hui ? Si elles existent , par quel moyen
peut-on les écarter ? Pour répondre convenablement à ces questions , suivons la marche des
événemens. Nantes , avant la révolution , était une
des villes les plus riches de la France : le théâtre
trouva de puissans protecteurs parmi nos capi-
talistes ; d'ailleurs , le grand nombre de talens
distingués qui illustraient la province et la capitale,
propageaient le goût du spectacle parmi toutes
les classes de la société. La révolution vint ar-
rêter ce règne prospère ; Nantes fut privée d'une
partie de ses richesses ; ces grands talens , qui
embellissaient la scène , ne trouvèrent pas souvent
de dignes successeurs , et l'art dramatique perdit
peu à peu la considération et la protection dont
il avait joui jusqu'alors dans nos contrées. Depuis
ces époques désastreuses , on ne songea point à
rendre à notre théâtre son ancien éclat, et l'indif-

férence du public sembla augmenter à mesure que son goût s'épurait, et que les juges devenaient plus sévères, plus exigeans pour les sujets qui se présentaient à leurs yeux. Un directeur devait donc chercher en lui seul les ressources nécessaires aux succès de son entreprise ; mais, souvent privé de tout encouragement, forcé de concilier son intérêt particulier avec les obligations que lui imposent ses juges ; placé entre la crainte de leur déplaire, et celle de ne pouvoir obtenir, pour son administration, un résultat avantageux, il pouvait sentir le découragement l'atteindre, et le but de ses vœux devait être d'opérer un mouvement favorable dans l'esprit du public, de réveiller chez lui le goût de l'art dramatique, de s'assurer enfin un avenir plus flatteur.

Telle était la situation de M. Bousigues qui, après avoir administré pendant deux ans notre théâtre, avec beaucoup d'habileté, et y avoir introduit un grand nombre d'améliorations importantes, ne pouvait croire que cette prospérité fût durable, puisqu'il ne l'avait obtenue jusqu'alors qu'en apportant dans sa gestion la plus stricte économie et la surveillance la plus active ; une circonstance extraordinaire devait seule l'établir sur des bases certaines. Cette circonstance semble s'offrir en ce moment ; et nous croyons que M. Bousigues, en acceptant la proposition qui lui était faite, de joindre le théâtre d'Angers à celui de

Nantes, a agi vraiment dans les intérêts de l'art dramatique. La facilité des communications rend l'exécution du plan projeté possible ; et les résultats avantageux qu'elle promet aux deux cités, prendront chaque année un accroissement rapide, grâces à une administration sage, prévoyante, et à l'encouragement qu'on doit accorder à cette vaste entreprise. Nous ne craindrions pas dès-lors de prédire que notre théâtre se placerait non-seulement au rang des premiers établissemens dramatiques de la province, mais qu'il pourrait parfois rivaliser avec ceux de la capitale, et rétablir enfin la dignité d'un art qui, sans ce secours inattendu, semblait marcher à sa décadence.

NOTICES BIOGRAPHIQUES.

Nous croyons devoir joindre à la notice qui précède, la biographie de quelques uns des acteurs qui ont paru avec succès sur la scène nantaise.

GOURVILLE.

Gourville, un des acteurs qui ont laissé dans cette ville un souvenir durable, avait, dans sa jeunesse, cultivé la peinture ; mais, emporté par son goût pour la comédie, il joua avec beaucoup de succès les *premiers comiques*. Il quitta bientôt cet emploi pour prendre celui des *financiers* et des *rôles à manteau*, dans lequel il se fit un nom célèbre. Une physionomie mobile et expressive le mettait à même de peindre avec vérité tous les sentimens. Sa gaîté communicative lui attirait les suffrages des amateurs : il ne les devait point à la manière de se grimer, à des charges réprouvées par le goût : la nature lui avait donné ce qu'il fallait pour être bon comédien, et l'étude développa en lui ses précieuses qualités. La Comédie Française avait besoin d'un acteur de son emploi ; elle lui envoya , pendant qu'il jouait à Nantes , un ordre de début. Gourville reçut aux *Français* un favorable accueil. De retour à Nantes , où il était l'idole du public , il refusa constamment de quitter une ville pour laquelle il avait une affection toute particulière.

L'emploi qu'il remplissait avec tant de succès , est un de ceux qui , par leur nature , semblent prêter davantage au développement des moyens de l'acteur, puisque ces rôles sont empreints d'une plus forte teinte de comique. On se figure peut-être qu'un rôle où l'auteur a tout dit ne doit plus offrir à l'acteur qu'un jeu de mémoire : qu'on ne s'y trompe pas , c'est précisément celui qui demande le plus d'application pour déguiser l'art et tromper le spectateur.

Avec quel sentiment de plaisir tous les amateurs se rappellent avoir vu Gourville jouer l'*Avare*. Quelle vérité ! quel feu. Comme l'expression de sa physionomie inquiète , et la pétulance de ses mouvemens rendaient l'idée qu'on se forme d'un homme toujours au guet , toujours en transe , et qui semble avoir continuellement un œil sur ses voisins , et l'autre sur son trésor ! Comme la cupidité était peinte dans ses yeux , lorsque , pour ressaisir son diamant , il avançait ses doigts crochus ; et que , forcé de masquer , devant sa maîtresse , son dépit et son avarice , il querellait tout bas son fils avec

une vivacité contrainte, qui finissait par aller jusqu'à l'emportement le plus outré. C'est par la va-
riété de ces nuances qu'il faisait ressortir le jeu le
plus parfait. Mais il fallait l'admirer surtout dans cette
scène immortelle, où il arrive pillé, volé, appelant sa
chère cassette, ne sachant où courir, où ne pas
courir ; interpelant tout le monde, pour avoir des
nouvelles de son cher argent ; il se saisit lui-
même le bras dans l'excès de son délire, et s'écrie :
Rends-moi mon argent, coquin ! Puis, revenu de
sa méprise, il tombe dans l'anéantissement du dé-
sespoir, en se laissant insensiblement aller à terre,
comme un homme qui se meurt. Tout d'un coup
se remettant sur pied, il annonce que s'il ne retrouve pas sa cassette, son bien, sa vie, son ame,
il va faire pendre toute la ville et lui aussi. C'est
là que les yeux hagards et furibonds de Gourville,
sa démarche chancelante et égarée, ses traits dé-
composés, au point de le rendre méconnaissable, sa
voix entrecoupée, tour à tour éclatante et éteinte ;
le tremblement convulsif de ses lèvres décolorées,
le mouvement de rage avec lequel il se saisissait le
bras, en tournant autour de lui-même, comme
s'il eût craint de s'échapper ; la faiblesse graduelle
qui succédait à sa fureur : c'est là, disons nous,
que Gourville offrait, aux yeux du spectateur,
la leçon la plus profondément morale, dans le tableau le plus hideusement comique. C'est dans cette
scène, que l'un des hommes les plus éclairés, et

à qui la ville est redevable de l'édification de sa salle de spectacle et du beau quartier qui porte son nom, s'écria, en s'élançant en dehors de sa loge, et à plusieurs reprises : *Voilà l'Avare ! voilà l'Avare !* Cet incident fut saisi, et des applaudissemens retentirent de toutes parts. Gourville, le lendemain, s'empressa de donner l'explication de cette énigme : Quelques mois auparavant, il avait demandé à M. Graslin, après une représentation de cette pièce, s'il était content de sa manière de jouer l'*Avare*. — Oui, répondit son Aristarque, vous avez fort bien joué l'avare ; mais ce n'est point l'avare que j'ai vu sur le théâtre. Gourville, qui le connaissait comme un homme d'un goût supérieur, pour avoir joué en société avec Lekain et plusieurs acteurs célèbres, soumit son rôle à de nouvelles méditations, et s'associa, pour ainsi dire, au génie de Molière.

A la brusquerie impertinente, à la morgue basse et familière, à la grosse gaîté de l'épaisse opulence, sous le riche habit de la finance, on reconnaissait toujours son talent.... La retraite de Gourville a attristé la scène nantaise.

Après quelques années de repos, à l'exemple de tous les grands acteurs, il donna encore quelques représentations. Le 29 décembre 1797, il joua Orgon du *Tartufe*, et, successivement, le *Bourru bienfaisant*, *Turcaret*, etc. L'affluence fut considérable : Gourville était tellement affaibli par l'âge, que, dans *la Gageure*, lorsqu'il se met aux genoux de Mme de Clainville, on fut obligé de le prendre sous les bras pour le relever ; et cependant, à la vivacité de son jeu, on se fut difficilement aperçu de son grand âge. Il mourut quelques années après.

BATISTE AÎNÉ.

Batiste aîné, issu d'un père et d'une mère acteurs, reçut une éducation relative à l'art auquel on le destinait. Il fut à même, du moment où il ouvrit les yeux, de contempler les modèles : il devait nécessairement avoir une grande avance sur celui qui n'entre dans la carrière qu'à l'âge où il peut faire un choix. Aucun exemple ne frappe autant que ceux que nous recevons dans l'enfance ; aucune leçon ne peut valoir les conseils d'un père : cette vérité, incontestable dans tous les arts, l'est surtout dans l'art dramatique. Si l'acteur alors ne parvient pas toujours au premier rang, c'est que ses moyens s'y refusent ; mais l'aisance, les détails fins et délicats, l'art de se posséder, de mettre des tems, de faire des pauses pour capter l'attention, de ne négliger aucune partie d'un rôle, l'à-plomb du jeu, la sûreté de la mémoire ; tous ces fruits d'un long usage, qui suffisent pour placer un comédien parmi les plus distingués, Baptiste les possédait, lorsqu'il vint à Nantes, vers 1791, pour jouer les premiers emplois tragique et comique.

C'est dans la comédie qu'il était le plus remarquable. Le comte de Tufière du *Glorieux*, Dorlange des *Châteaux en Espagne*, Damis de la *Métromanie*, recevaient de lui un cachet que les amateurs n'ont point oublié. Il était aimé, considéré et reçu dans plusieurs de nos premières maisons. S'occupant continuellement de son art, il faisait des essais sur la nature des sensations qu'il pouvait faire éprouver. Pour y parvenir, il se formait chez lui un auditoire composé non-seulement de sa famille, qui était nombreuse, mais de ses domestiques et de quelques amis, et les associait, pour ainsi dire, à ses émotions, en leur récitant ses rôles. S'il les voyait frappés, émus, attendris, s'il avait trouvé le moyen de les rendre immobiles, de les faire frissonner d'horreur ou de crainte, de faire couler leurs pleurs, de leur enlever tous leurs sentimens pour leur donner les siens, de les faire sourire aux traits plaisans, allons, disait-il, mes intonations sont justes, naturelles, puisqu'elles ont pénétré dans leurs ames ; le public rassemblé rendra justice à mes efforts ; car, pour réussir, il suffit de pénétrer jusqu'à cet asile secret de l'homme qui ne s'ouvre qu'à la voix du sentiment. Nous le perdîmes trop tôt pour nos plaisirs. Il partit à la fin de l'année, se rendit dans la capitale ; et, peu de tems après, il entra au Théâtre-Français.

GRANGER.

Granger oncle était fils d'un excellent comique et d'une très-bonne soubrette de province : la maturité et la perfection de son jeu l'ont rendu de bonne heure l'un des meilleurs *premiers rôles* de la province. Il avait débuté fort jeune à la Comédie Française , et y reçut de nombreux applaudissemens. Il joignait à beaucoup d'instruction , d'amabilité et de modestie, un très-grand talent. Repoussé de la Comédie Française , il entra au Théâtre Italien. Si ce fut pour cette entreprise une excellente acquisition, ce fut relativement à son art une très-grande perte pour M.ʳ Granger. Son excellente mémoire était meublée de tous les rôles des bonnes tragédies et de tous ceux du haut comique. Il lui fallut enfouir ce riche trésor , qui n'était pour lui d'aucun usage dans sa nouvelle carrière. Enfin , lassé de rester dans l'inaction , il s'engagea au théâtre de M.ʳ Julien , dans notre ville , où il resta plusieurs années à faire les délices d'un public qui ne cessait de lui donner de fréquentes marques de satisfaction : après quoi il s'en alla prendre la direction du théâtre de Rouen , qu'il a conduite avec autant de sagesse que de talent , et il est maintenant professeur au Conservatoire.

MONROSE.

Ce qui est rare , ce que très-peu de comédiens observent , c'est de conserver ce bon ton de

comédie, cette décence, cette vérité que les con_
naisseurs exigent dans les rôles comiques. Un
acteur qui a fait des études approfondies de son
art, est bientôt convaincu qu'il peut être aimable
et captiver le public en mettant dans ses rôles
cette gaîté et ce vrai comique qui naissent tantôt
des situations et tantôt du dialogue, et qu'il n'a
pas besoin d'avoir recours aux grimaces, aux
gestes trop libres, aux mots hasardés et aux mauvaises plaisanteries.

Monrose, qui a commencé son emploi de *premier
comique* en notre ville, puisqu'il y a joué, en y
arrivant, les seconds comiques, est pénétré de
cette vérité : il se montre aussi éloigné du maintien
d'un homme du monde, que des manières trop
familières d'un homme du peuple; chacun de ses
valets a une physionomie particulière; il se rappelle
continuellement que le valet d'un homme de qua-
lité, quoique relégué dans l'antichambre, a souvent
occasion de converser avec son maître, et qu'il
doit avoir emprunté quelque chose de ce bon
ton, de ces usages du grand monde qu'il imite
à sa manière, et qui font qu'il parle et agit près
de Célimène et d'Araminte, tout autrement que
lorsqu'il converse avec Lisette et Marton. Monrose
a cette finesse qui ne provient que de l'amabilité de l'esprit, et cette intelligence qui annonce
le raisonnement de l'art. Il est maintenant au
Théâtre-Français.

5

Melle RAUCOURT.

Saucerote Raucourt, acteur médiocre, débuta sans succès au Théâtre-Français, par le rôle de Mithridate. Il revint en province pour continuer l'exercice de sa profession, sans se douter que d'autres succès lui étaient réservés : il eut une fille d'une beauté rare, qui fit ses premiers essais de l'art théâtral dans notre ville : elle n'avait alors qu'une quinzaine d'années. Son intelligence annonçait ce qu'elle est devenue dans la suite. Elle partit bientôt pour Versailles, où sa beauté faisait tant de bruit, que lorsqu'elle allait au théâtre, on la faisait entrer dans une chaise à porteurs; sa mère s'y plaçait près d'elle ; puis, le père marchait devant, un pistolet à la main.

Jamais débuts ne furent aussi brillans au Théâtre-Francais, que ceux de la jeune Raucourt. Sa beauté fascinait tous les yeux. On lui trouvait la taille imposante et les formes sévères de la protectrice d'Athènes. Elle avait alors reçu des leçons de Brizard. Sa diction parut noble et assurée, ses intentions profondément senties ; fière et sage dans le simple débit, elle était admirable dans la colère, et ses emportemens vous frappaient de terreur ; d'une effrayante vérité dans le rôle odieux de *Médée*, car c'est en effet celui qui convenait le mieux à l'intensité de ses moyens, belle et noble dans *Sémiramis* et véhémente dans *Cléopâtre*, elle n'obtint pas moins de succès dans

Agrippine, Jocaste, Athalie, Léontine, Frédégonde.
Avec tant de qualités, il lui manquait essentiellement celle qui peut seule identifier un acteur avec son rôle, je veux dire cette sensibilité, cette chaleur expansive qui pénètrent l'ame et y excitent toutes les passions. Sa voix, naturellement voilée, devint, par la suite, rauque et désagréable, ce qui, depuis la révolution, fit dire à un plaisant, que *Raucourt* venait de *rauca*, et que cette actrice avait la voix du peuple. Elle est morte à Paris, en janvier 1815, à l'âge de cinquante-neuf ans.

BAUDRIER.

Baudrier était de Paris. Son goût pour l'art théâtral lui fit quitter le barreau, profession pour laquelle il ne se sentait pas de dispositions. Il fit partie de plusieurs troupes de province, dans lesquelles il essaya divers emplois ; mais, arrivé à Nantes, il se détermina pour les *financiers* et les *rôles à manteaux.* Docile aux conseils des connaisseurs, il profita de leurs sages avis ; il se défit peu à peu des mauvaises habitudes qu'il avait contractées, posa son talent sur une base dont le goût était le soutien, et devint un estimable comédien.

Baudrier, extrêmement galant auprès des belles, fut la cause innocente d'un événement funeste, qui rappela, chez nous, la fin malheureuse de l'illustre Sapho. Une jeune personne de dix-sept

ans , attachée au théâtre, goûtait le charme de
sa société. Mademoiselle B***** aînée, croyait,
jouant *les caractères* , avoir des droits incon-
testables au cœur du *financier*. Elle le surprit
avec sa rivale , pendant le spectacle, dans une
des loges du théâtre de la rue Rubens. Alors ,
n'écoutant plus que lesconseils d'une affreuse ja-
lousie, elle se livra à tous les excès de cette funeste
passion, accabla l'un de reproches amers, et l'autre,
des menaces lés plus terribles. La jeune personne,
frappée de terreur, offensée de ce que Baudrier,
qui devait être son appui, la laissait ainsi mal-
traiter, plus sensible encore à la perfidie de ce
dernier qu'à tout ce qu'on pouvait lui faire
éprouver, ne crut pas devoir survivre à la perte
d'un cœur qu'elle croyait posséder. Après avoir
jeté à Baudrier un regard où se peignaient les
sentimens divers qui l'agitaient, elle partit précipi-
tamment , sans se donner la peine de quitter son
costume de théâtre. Gagner la cale du Port-au-
vin, fut pour elle l'affaire de quelques minutes :
elle se lia les jambes avec son schall , et se pré-
cipita au milieu des flots......

Baudrier jouait fort bien à la paume : les amateurs distingués de ce jeu le recherchaient avec
empressement. Il fut admis , dans les dernières années de sa vie, à faire sa partie avec les personnages les plus illustres.

Le talent de cet acteur fut bientôt connu des

maîtres de la scène , qui lui envoyèrent un ordre de début : ses succès dans Bernadille de la *Femme Juge et Partie* , Bartholo , etc. , le firent admettre comme pensionnaire. Reçu sociétaire , quelques années après , il jouit fort peu de tems de cette faveur , une mort prématurée le ravit à ses amis et à cette société dont il faisait l'ornement.

ARNAUD.

Arnaud , premier comique , s'est présenté dans notre ville sous des auspices favorables , il sortait du Théâtre-Français , où il était pensionnaire. A la nullité dans laquelle le plaçait son chef d'emploi , il préféra un exercice plus actif sur nos modestes scènes provinciales. Élève de Dugazon , il avait hérité de toutes ses traditions dans les rôles de Frontin du *Muet* , d'Hector du *Joueur* , de Dubois des *Fausses Confidences* , etc. Il avait un masque excellent , beaucoup d'aplomb et une intelligence peu commune. Ses rôles recevaient de lui une teinte d'esprit , que toute la vivacité et le naturel de son jeu rendaient encore plus saillante. On doit regretter que des motifs d'intérêt lui aient fait négliger un art dans lequel la nature de son talent l'eut maintenu au premier rang.

Peu de sujets en province paraissent également bons dans les deux genres , la tragédie et la comédie ; tous ne sont pas propres à servir à la fois

Thalie et Melpomène, aussi rencontrons-nous moins de tragédiens, parce que ces acteurs ne peuvent se destiner exclusivement, comme à Paris, au service de cette dernière. Leurs études dans ce genre ne peuvent être assez soutenues : la plupart ont un débit saccadé et traînant ; au lieu d'une diction simple et harmonieuse, ils cherchent des effets plutôt dans la combinaison de sons extraordinaires, que dans l'expression vraie, mais juste, des intentions du rôle.

PROLOGUE.

PROLOGUE.

DORANTE et ARAMINTE.

DORANTE.

Messieurs, préparez-vous, voici l'instant fatal,
Six heures vont sonner, je donne le signal.
Que vois-je ! d'où vient donc cet effroi, je vous prie;
Eh quoi ! vous désertez le foyer de Thalie,
Vous que l'on vit toujours, éloquent orateur,
Au moment du péril exciter notre ardeur ?

ARAMINTE.

Parmi les flots bruyans de cette foule immense,
J'ai perdu tout le fruit de ma noble éloquence.
Quel tumulte, bon Dieu ! c'est à qui parlera;
J'ai cru que des *Français, du* sublime *Opéra,*
Les fils ambitieux avaient, sur ce rivage,
Transporté leurs fureurs, leur danse et leur ramage.

DORANTE.

Détrompez-vous, madame, un peuple souverain
Ne change point ainsi son fortuné destin :
Tous ces heureux du jour, que la gloire accompagne,
Ne viennent point chercher, au fond de la Bretagne
Ces palmes que, pour eux, *Dieu fit croître* à Paris :
Laissons-les au milieu des plaisirs et des ris.....

Mais ne pouvons-nous donc, de leurs pompeux spectacles
Sur la scène nantaise évoquer les miracles ?
Ils nous donnaient des lois , régnons à notre tour.
Vingt temples , réunis en ce brillant séjour ,
S'arrogeaient à nos yeux la suprême puissance :
N'est-il pour les beaux-arts qu'une patrie en France ?
Rassemblons sur nos bords tous ces trésors épars ,
Dépouillons les *Français* , *Feydeau* , les *Boulevards* ;
Dérobons-nous aux fers que portaient nos ancêtres ,
Et qu'on parle de nous ainsi que de nos maîtres.

ARAMINTE.

J'approuve ce projet ; mais des célestes Sœurs
Comment espérez-vous obtenir les faveurs ?
Où trouver les soutiens de ce nouvel empire ?
Melpomène est muette , Euterpe en vain soupire ,
Thalie avec douleur voit vieillir ses sujets ,
Terpsichore à Paris triomphe désormais ;
Momus même , égarant tout le peuple comique ,
Lui demande des pleurs et s'est fait romantique ;
Le feu sacré pâlit dans nos départemens ,
Et vous parlez de vaincre , en ces cruels momens ,
Quand l'art déshérité perd son indépendance ,
Quand l'état menacé touche à sa décadence ?

DORANTE.

Ah ! rejetez au loin cette indigne terreur ,
D'un désolant système en propageant l'erreur ,
Vous hâtez notre perte et glacez le génie ;
Ce flambeau qui s'éteint peut retrouver la vie ;
Oui , l'amour des beaux-arts chez le peuple français
Devient héréditaire et ne mourra jamais.
Plus d'un heureux rival peut , rompant le silence ,
De l'état qui chancelle embrasser la défense ;

N'arrêtez point ses pas, mais du feu créateur
Rallumez l'étincelle au fond d'un jeune cœur ;
Montrez-lui la couronne au bout de la carrière ,
Ramenez le grand siècle et citez-lui Molière !
Ah ! parfois, m'entourant d'un prestige enchanteur ,
Du théâtre nantais je rêvais la splendeur ;
Je croyais voir un juge adoucir, en bon père,
Sur le fils qu'il maudit l'arrêt toujours sévère ;
L'artiste, vers ce juge osant lever les yeux,
D'un préjugé mortel brisait le joug honteux ,
Ne nommait plus métier, gloire vaine et stérile ,
Cet art qu'ennoblissaient Molé, Lekain , Préville ,
Et, d'un talent sublime atteignant la hauteur,
Leur promettait encore un digne successeur.

ARAMINTE.

Ces augustes enfans un jour peuvent renaître ;
Mais dans notre cité doivent-ils apparaître :
Vit-on jamais des *Mars*, des *Talma* bas-bretons ?
Paris seul a le droit de couronner leurs fronts :
C'est là que de leurs noms la magique influence
Sur la foule idolâtre exerce sa puissance :
Sans eux point de recette. Enfans audacieux ,
Oserez-vous combattre avec ces demi-dieux !

DORANTE.

Ces demi-dieux pour nous ne sont pas invisibles.
Leurs cœurs à l'intérêt sont-ils inaccessibles ?
Dédaignent-ils parfois, du haut de leur grandeur ,
Les *bravos* de province et l'or d'un directeur ?
Bientôt vingt protecteurs vont se mettre en campagne ,
Bientôt d'*Anacréon*, de sa belle compagne ,
Ces échos rediront les accens enchanteurs ;
L'élève de Talma réclamera nos pleurs ;

L'héritier de Vestris, vrai fils de Terpsichore,
Doit, volage Zéphyr, charmer plus d'une Flore ;
Et si, comblant nos vœux par ses touchans accords,
Le chantre de Feydeau préludait sur ces bords ;
Si la sensible *Anna*, l'aimable *Valérie*,
De plaisir enivraient une foule attendrie,
Ramenaient *Célimène* et la charmante *Emma*,
Si notre *Roscius* nous dévoilait *Sylla*,
Du martyr de Carthage évoquait la présence,
Peignait le *Cid* vainqueur, et le mari d'Hortense,
Les spectateurs nantais, pleins d'un noble transport,
Des heureux de Paris enviraient-ils le sort ?

ARAMINTE.

Les secours étrangers perdent les républiques !....
Que restera-t-il donc à vos dieux domestiques ?

DORANTE.

Pour peupler aussitôt un immense désert
Plus d'un appui solide ici nous est offert :
Nos frères ont quitté les bords lointains du Rhône,
Les rives de la Seine et même la Garonne ;
Dans les treize cantons, jusques aux Pays-Bas,
Nous avons recruté d'intrépides soldats.
Je retrouve, au milieu de leur foule héroïque,
Tous les représentans de l'état dramatique.
Molière et Rossini, Marmontel et Mozart,
Racine et Dauberval, Aubert, Scribe et Planard,
De quatre-vingts sujets en recevant l'hommage,
Vont triompher ensemble et régner sans ombrage.
Faut-il, en ce moment, d'un spectacle nouveau
Dérouler à vos yeux le merveilleux tableau,
Montrer nos conjurés, nos autels, nos prêtresses,
Je donne le signal...... Venez, nymphes, déesses

Favoris de Momus, héros, princes, bourgeois,
Levez vos étendards, paraissez à ma voix.

(La décoration du fond se lève ; on aperçoit les acteurs groupés autour
des statues de Melpomène et de Thalie, d'Euterpe et de Momus,
d'Apollon et de Terpsichore.)

Eh bien ! que pensez-vous de notre république,
De ce triple sénat tragi-comi-lyrique,
Qui du peuple romain imitant la grandeur,
Livre sa destinée aux mains d'un dictateur ?

ARAMINTE.

Je ne sais où j'en suis : guidez-moi, je vous prie.

DORANTE.

Là, sont les défenseurs du trône de Thalie :
Vous les verrez parfois de son auguste sœur
Emprunter le cothurne et la mâle douleur ;
Ils ont avec respect inscrit sur leur bannière
Tous les noms du grand siècle où s'illustrait Molière,
Ceux que notre âge adopte et lègue à l'avenir,
Jouy, Picard, Etienne et nos deux Casimir ;
La Vierge d'Orléans, le Cid d'Andalousie,
Avec Soümet, Lebrun, renaîtront à la vie ;
Duval, en traits hardis, crayonnera nos mœurs,
Et, de notre jeunesse esquissant les erreurs,
Le peintre des vieillards, sur la scène comique
Vainqueur, va s'élancer du trône académique.
D'Euterpe contemplez le peuple harmonieux :
Tantôt Grecs ou Romains, bourgeois ou demi-dieux,
Des Français avant tout ils chantent la musique ;
Sans oublier pourtant l'*Amphion germanique*,
Le Cygne de Pezarre et ce chantre divin
Que pleure tout Paris et qu'encense Berlin.
Déjà *Cortez* paraît sur la rive ennemie,

Don Juan de *Mozart* atteste le génie,
Othello se soumet aux lois de l'arrangeur;
Castil-Blaze triomphe avec son *Noir Chasseur.*
Mais souvent, des héros laissant en paix la cendre,
Aux refrains du Gymnase ils daigneront descendre,
Et du grand *pourvoyeur* propageant les leçons,
Ils mettront sa morale et nos mœurs en chansons.
Ici, nos figurans.....

ARAMINTE.

Vraiment, j'en suis ravie !
Quoi ! les chœurs sont auprès du dieu de l'harmonie.

DORANTE.

Ils suivront ses décrets.... Par un beau dévoûment,
Au dieu qui les contemple ils en font le serment.

ARAMINTE (regardant le groupe de la danse.)

Bravo.... Je reconnais la cour de Terpsichore.

DORANTE.

Cette divinité qu'en tous lieux on adore,
Trop long-tems exilée, enfin est de retour
Avec Flore, Zéphyr, les Grâces et l'Amour.
Là, *Páris* incertain juge les *trois déesses*;
Télémaque se livre à ses enchanteresses ;
Aline dans Golconde a retrouvé *Saint-Phar* ;
Là, *Nina* de *Germeuil* déplore le départ ;
Là, *Psyché* de *Vénus* désarme la colère,
Et tout l'olympe en masse habite notre terre :
Eh ! bien, ne pouvons-nous avec ces protecteurs
Comme à Paris un jour vivre au sein des grandeurs.

ARAMINTE.

De ce brillant tableau j'admire la magie ;
Mais qui doit lui donner le mouvement, la vie ?

DORANTE.

Hélas ! le public seul, maître de notre sort,
Peut diriger la barque et la conduire au port.

ARAMINTE.

Cette mer est perfide et vit plus d'un naufrage :
Vers un pays nouveau frayez-vous un passage ;
Pour obtenir long-tems un ciel pur, de beaux jours,
D'un sexe tout puissant implorez le secours :
Puisse-t-il désormais, ornant la galerie,
Retrouver le chemin du temple de Thalie.
Un juge s'humanise auprès de la beauté,
Il a plus d'indulgence et moins d'austérité.
Puissent tous nos acteurs, écartant la tempête,
S'élancer triomphans du combat qui s'apprête ;
Puisse le directeur, par un sublime effort,
Epuiser ses cartons, remplir son coffre-fort,
Et dans un an, vainqueur, poursuivant sa carrière,
Venir en souriant haranguer le parterre !

DORANTE.

Arrêtez, cet espoir est toujours incertain.....
Pour régler la victoire.... attendons l'an prochain.

Si la *Notice Historique sur le Théâtre de Nantes*
obtient quelques succès, nous en donnerons une seconde
édition beaucoup plus complète, à laquelle nous ajou-
terons un plus grand nombre de *notes biographiques,*
et qui sera terminée par une revue de la troupe actuelle.

A NANTES, IMPRIMERIE DE MELLINET-MALASSIS.